Le Prince

Le Roi

Fée-marraine

Le Duc

Ce livre magique appartient à:

Publié par Scholastic, Inc. Distribué au Canada par Grolier.

ISBN 0-7172-4174-2

Dépôt légal - Bibliothèque et Archives
nationales du Québec, 2006

Imprimé aux États-Unis

WALT DISNEY

Cendrillon

G GROLIER

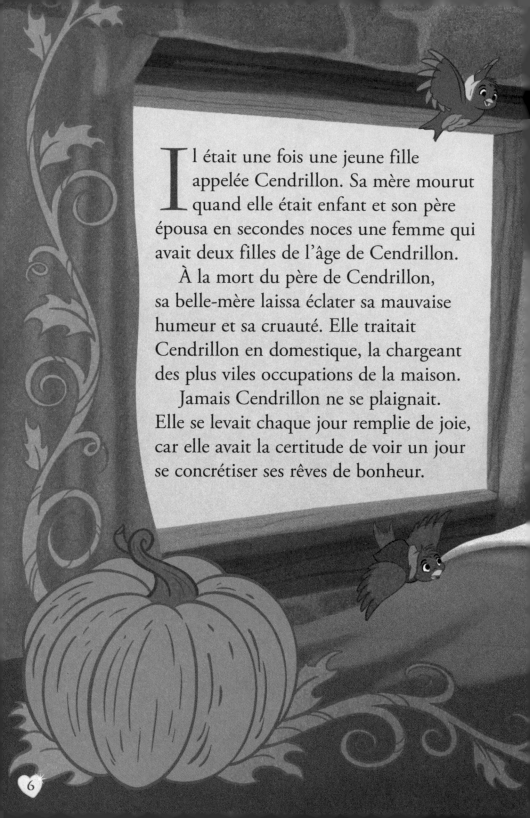

Il était une fois une jeune fille appelée Cendrillon. Sa mère mourut quand elle était enfant et son père épousa en secondes noces une femme qui avait deux filles de l'âge de Cendrillon.

À la mort du père de Cendrillon, sa belle-mère laissa éclater sa mauvaise humeur et sa cruauté. Elle traitait Cendrillon en domestique, la chargeant des plus viles occupations de la maison.

Jamais Cendrillon ne se plaignait. Elle se levait chaque jour remplie de joie, car elle avait la certitude de voir un jour se concrétiser ses rêves de bonheur.

Chaque jour, Cendrillon devait cuisiner,
nettoyer et servir sa belle-mère, Lady
Tremaine, et ses demi-sœurs, Javotte et
Anastasie. Un jour qu'elle était occupée à
l'une de ses nombreuses tâches, elle entendit
quelqu'un frapper à la porte.

« Au nom du Roi, veuillez ouvrir », cria
un homme. C'était le messager du roi.

Il remit une lettre à Cendrillon.

Sa belle-mère était en train de donner
des leçons de musique à Anastasie et Javotte.

Cendrillon frappa à la porte. « Je t'ai déjà
dit de ne jamais nous interrompre! » aboya Lady
Tremaine. Cendrillon lui tendit alors la lettre. C'était
une invitation pour assister au Bal royal donné en
l'honneur du Prince!

« Sur ordre du Roi, toutes les demoiselles sont priées
d'être présentes », lut la belle-mère de Cendrillon.

« Ça veut dire que je peux y aller! » s'écria gaiement Cendrillon.

« Toi! » cracha Anastasie.

« Bien sûr que tu pourras aller au bal », intervint la belle-mère, d'une voix mielleuse. « *Si* tu termines toutes tes corvées… et *si* tu trouves une robe convenable à porter. »

« J'y veillerai », promit Cendrillon. Puis elle sortit précipitamment.

« Vous rendez-vous compte de ce que vous venez de dire? » lança une Javotte horrifiée à sa mère.

Mais Lady Tremaine avait un plan. « Évidemment. J'ai bien dit *si* », répliqua la cruelle femme.

« Oooooh… *si* », répéta Javotte. Anastasie ricana.

Cendrillon monta à sa chambre au grenier et
sortit une vieille robe d'un coffre.

« Elle appartenait à ma mère », dit-elle à ses
amis les animaux, en tournoyant sur elle-même.

« Elle date d'une autre époque, admit Cendrillon, mais il suffit d'y apporter quelques retouches. » Elle prit un livre et l'ouvrit à une page montrant une jolie robe. Soudain, un cri strident se fit entendre. « Cendrillon! »

« On dirait bien que ma robe devra attendre », dit Cendrillon, patiemment. « J'arrive », répondit-elle, en se dirigeant vers l'escalier.

« Voyons voir », dit la belle-mère de Cendrillon.
« Il y a le grand tapis dans le vestibule à nettoyer. Sans oublier les rideaux et les tapisseries murales — »

« Mais, je viens de finir... », commença Cendrillon.

« Nettoie-les encore! » ordonna la cruelle femme.
Le plan de la belle-mère consistait à accabler Cendrillon de corvées, afin qu'elle n'ait pas le temps de préparer sa robe pour le bal.

Le plan fonctionna à la perfection. Lady Tremaine
et ses filles tinrent Cendrillon si occupée que la
jeune fille n'eut pas un seul instant à consacrer à la
préparation de sa robe.

« Pauvre Cendrillon », dit une souris du nom de
Jac à son ami Gus. « Avec toutes les corvées, elle
n'aura jamais le temps de faire sa robe. »

« Hé! On peut le faire! » s'exclama une souris.
« On peut préparer la robe de Cendrillon. »

Tous les amis animaux de Cendrillon trouvèrent
l'idée géniale.

Jac et Gus coururent chercher des garnitures.

Anastasie et Javotte étaient justement en train de
jeter leurs vieilles choses. « Jamais plus je ne porterai
cette ceinture », dit Anastasie avec dédain, pendant
que Javotte jetait ses vieilles perles.

Les deux souris s'empressèrent de récupérer les
articles que les deux sœurs venaient de jeter.

Jac et Gus se faufilèrent sous le tabouret du chat Lucifer. C'était une mission dangereuse, mais ils réussirent!

Les autres souris les accueillirent en héros. Puis tous les animaux se mirent rapidement au travail.

Les souris et les oiseaux
mesurèrent, coupèrent et
cousirent.

Ils travaillaient en
chantant, heureux à l'idée
de faire une belle surprise
à Cendrillon.

Mais allaient-ils pouvoir terminer à temps?

Bientôt, l'heure de partir pour le bal sonna.

« Le carrosse vous attend », annonça Cendrillon à sa belle-mère.

« Oh, Cendrillon, tu n'es pas prête », lança sa belle-mère, feignant la surprise. « Tu ne vas pas au bal? »

« Non, je n'y vais pas », répondit Cendrillon. Elle n'avait eu aucun moment libre au cours de la journée pour préparer sa robe.

« Oh, il y aura d'autres bals », lui dit sa belle-mère, d'un ton suffisant, sachant très bien qu'elle avait tout fait pour que Cendrillon ne puisse assister à celui-là.

Cendrillon se consola en
se disant que le bal allait être
d'un ennui mortel, mais au
fond de son cœur, elle savait très
bien combien la soirée allait être
merveilleuse.

Cendrillon monta lentement à
sa chambre au grenier. En ouvrant
la porte, elle n'en crut pas ses yeux.

« Surprise! » crièrent en chœur
les souris et les oiseaux.

« Joyeux anniversaire! » s'écria
Gus, un peu confus.

Les souris et les oiseaux avaient terminé la robe. Cendrillon allait pouvoir aller au bal!

« Oh, comment vais-je pouvoir — oh, merci. Merci beaucoup! » dit la jeune fille, ravie.

Cendrillon revêtit la robe en toute hâte et descendit l'escalier en courant. « Attendez! S'il vous plaît! Attendez-moi! »

Lady Tremaine resta bouche bée. Elle n'avait d'autres choix que de laisser Cendrillon les accompagner — à moins que...

« Ces perles, n'est-ce pas qu'elles lui vont à ravir, Javotte? » nota la belle-mère.

Javotte reconnut alors ses vieilles perles. « Voleuse! » s'écria-t-elle.

Puis Anastasie reconnut sa vieille ceinture.

Les deux sœurs se mirent à déchirer
la robe de Cendrillon. Lorsqu'elles eurent
terminé, la robe de Cendrillon était en
lambeaux et Cendrillon était en larmes.

« Bonsoir », dit sa
belle-mère, en quittant
pour le bal avec ses
vilaines filles.

Cendrillon courut se réfugier au jardin.
Ses petits amis animaux étaient bouleversés,
mais ils ne pouvaient plus rien faire pour
aider la pauvre Cendrillon.

Il semblait bien que jamais ses rêves
de bonheur ne se réaliseraient. « À quoi
bon, maintenant? Je ne crois plus en rien »,
murmura Cendrillon, en sanglotant.

« En rien? »
demanda une
voix. « Tu ne
le penses pas
vraiment. Si
c'était le cas, je
ne serais pas ici,
et pourtant j'y
suis. »

C'était la fée-marraine de Cendrillon, et elle
était là pour aider Cendrillon à se rendre au bal.

Elle agita sa baguette magique et
prononça quelques formules magiques…
… et une citrouille devint un splendide carrosse…
… quatre souris se métamorphosèrent en
autant de chevaux…

… un cheval devint cocher…

… et le chien Bruno se transforma en laquais.

La fée-marraine était satisfaite du résultat. « Monte, mon enfant, il n'y a pas de temps à perdre. »

Mais Cendrillon n'était pas tout à fait prête. « Ne croyez-vous pas que ma robe… »

La fée-marraine regarda Cendrillon.
« Ciel! Tu ne peux pas aller au bal vêtue de
ces haillons! » Elle agita à nouveau sa baguette
magique et aussitôt Cendrillon se retrouva
vêtue d'une magnifique robe de bal.

Cendrillon était ravie, et ravissante.
« Regardez, des petites pantoufles de verre!
On dirait un rêve — un rêve devenu réalité. »

Sa fée-marraine l'avertit alors que tous les
rêves devaient prendre fin. Au douzième coup
de minuit, le charme serait rompu.

Cendrillon se rendit au bal. Elle était si heureuse.
Pendant ce temps, au château, le Roi n'était, lui,
pas très heureux. Son fils, le Prince, n'était toujours
pas tombé amoureux.

Le Duc s'approcha du
Roi et lui dit de cesser
de se bercer d'illusions,
car les coups de foudre
n'arrivaient que dans les
contes de fées.

À cet instant précis, Cendrillon fit son
entrée dans la salle de bal. Lorsqu'il la vit,
le Prince alla aussitôt l'inviter à danser.

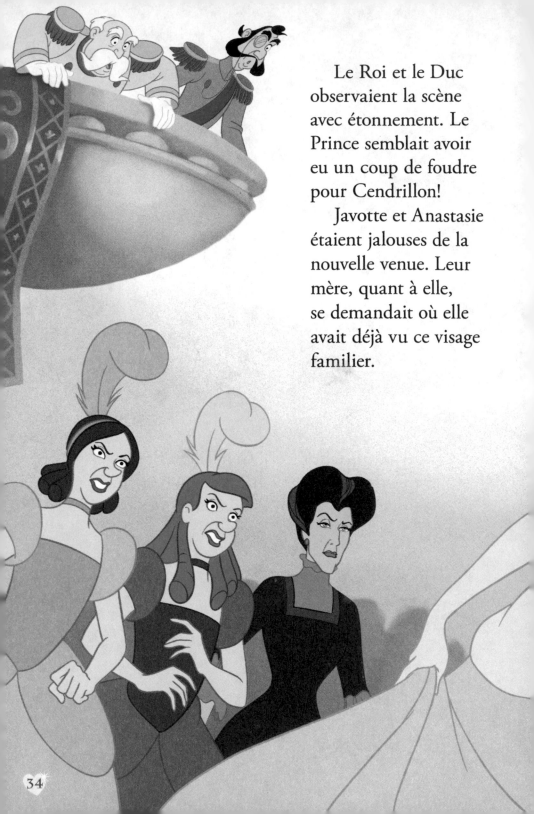

Le Roi et le Duc
observaient la scène
avec étonnement. Le
Prince semblait avoir
eu un coup de foudre
pour Cendrillon!

Javotte et Anastasie
étaient jalouses de la
nouvelle venue. Leur
mère, quant à elle,
se demandait où elle
avait déjà vu ce visage
familier.

Cendrillon ne savait pas que l'élégant jeune homme avec qui elle dansait était le Prince, mais elle savait qu'elle était en train de tomber amoureuse!

Après la danse, le couple alla se balader. Ils discutaient et riaient. Le temps fila rapidement et Cendrillon fut étonnée quand elle constata qu'il était presque minuit déjà.

« Je dois partir! » s'excusa-t-elle. Elle quitta le Prince en courant.

Le Prince ne savait même pas comment elle s'appelait. « Attendez! » cria-t-il.

Mais Cendrillon ne pouvait pas rester une minute de plus. Dans sa hâte, elle perdit une pantoufle de verre dans l'escalier, mais elle poursuivit sa course.

Le Prince alla trouver
le Duc et lui affirma qu'il
allait épouser la jeune fille
à qui ferait parfaitement
la pantoufle. C'était la
femme de ses rêves.

Pendant ce temps, Cendrillon était au bord
de la route. Tout était redevenu comme avant.
Il ne lui restait qu'une pantoufle de verre —
et le souvenir d'une soirée magique.

La nouvelle que le Prince recherchait la jeune fille mystérieuse se répandit rapidement. Le Duc se rendait de maison en maison pour la trouver.

Cette nouvelle ravit Cendrillon, un peu trop au goût de sa belle-mère.

La belle-mère enferma Cendrillon dans sa chambre au grenier.

« Vous ne pouvez pas me laisser ici. Je vous en supplie », sanglota Cendrillon.

La belle-mère mit la clé dans sa poche. Jac et Gus devaient intervenir. Ils réussirent à subtiliser la clé à la belle-mère.

Les deux braves souris déployèrent toutes leurs forces pour transporter la clé jusqu'à la chambre de Cendrillon. Allaient-elles y parvenir à temps?

Le Duc venait d'arriver chez Cendrillon, accompagné d'un laquais transportant la petite pantoufle de verre.

41

Javotte essaya la pantoufle. Constatant qu'elle ne lui allait pas du tout, elle s'en prit au pauvre laquais. « Ne me touchez pas! » hurla-t-elle.

La pantoufle ne faisait pas non plus à Anastasie.

« Y a-t-il d'autres jeunes demoiselles qui habitent ici? » demanda le Duc.

« Non », mentit Lady Tremaine.

À cet instant, Cendrillon fit son apparition.
« Monsieur le Duc! Monsieur le Duc! » Les souris
avaient libéré Cendrillon!

La vilaine belle-mère ne voulait pas que Cendrillon
essaie la pantoufle. Elle fit trébucher le laquais… et la
pantoufle de verre se brisa!

Heureusement, Cendrillon avait l'autre pantoufle
dans sa poche, au grand bonheur du Duc.

Le Prince en fut ravi lui aussi. Il avait trouvé la femme de ses rêves. Quant à Cendrillon, son bonheur était incommensurable. Tous ses rêves étaient devenus réalité.

Et c'est ainsi que Cendrillon et le Prince vécurent toujours heureux.

FIN

ŒIL DE LYNX

Avant le coup de minuit,
essaie de retrouver ces
images dans le livre.